Collection S. Fischer

Marian Nakitsch
Flügelapplaus
Gedichte

Mit einem Paß-Bild
von Reiner Kunze

S. Fischer

Die Arbeit an dem Manuskript dieses Bandes wurde von der Jürgen-Ponto-Stiftung gefördert.

Collection S. Fischer
Herausgegeben von Uwe Wittstock

Band 78
Originalausgabe
Veröffentlicht im Fischer Taschenbuch Verlag GmbH,
Frankfurt am Main, März 1994

Umschlaggestaltung: Manfred Walch, Frankfurt am Main
Gesamtherstellung: Wagner GmbH, Nördlingen
Printed in Germany
ISBN 3-596-22378-4

Lyrik – eine Unzahl Arten von Stillsein.

I

Meine Mutter

1
Meine Mutter, barfuß, melodisch sich beugend
im goldenen Weizenrock, der erst zugeschnitten
werden mußte mit der Sichel
und ihr dennoch nicht gehörte, oder gebückt
nach Hallimaschen, ihren Rosen,
auf Wiesen auch, wo sie – der Heuschober die
Kapelle –
mit vollen Händen, eine gute Katholikin,
im Gehen betete.

2
Meine Mutter, an Knochentuberkulose leidend
und dennoch melodisch sich beugend, immer
gebückt,
auf dem Rücken den Tragkorb,
hatte schwielige Hände, zur Mahlzeit oft leer
wie Flügel, die Schweigerin,
eine Amsel, des Liedes beraubt, wie herrlich
war der Weihnachtsbaum geschmückt mit nichts als
ihrem Nest.

In der Kindheit war ich den Vögeln am nächsten

Flogen Ringeltauben über mich hinweg,
schloß ich mich rennend ihren Schatten an.
Ich kletterte in die grüne Umarmung der Äste,
als die Vogelmutter weggeflogen war,
und konnte direkt in ihr Nest sehn.
O wie leuchtete mir damals die Amsel,
und alle Vögel winkten mir zu.
Dann stellte ich mir mein Begräbnis vor:
Wie die Mehlschwalbe
verschwinde ich oben im Lehm,
nicht unten.

Novska im Sommer

Eine kleine Kastanienstadt,
krumm durchschnitten von einem Bach
und staubverhüllt.

Die Straßen säumte die Wegwarte,
und hochumzäunte Höfe
schauten mit den Brunnen auf zu den Wolken.
Kuhglocken folgten einander
zwischen stummen Häusern.

Die Kirche teilte den Himmel
mit Tauben,
und alles, worauf die Sonne sah,
war warm.

Wo ich wohne

Trete ich barfuß in zerbrochenes Glas,
betrete ich die Lüneburger Heide.
Manchmal umarmt mich Reiner Kunze
mit seiner Handschrift.

Tage schleppen sich hin.
Ich harre aus auf meinen Hüften.
Mir ist, als liege ich auf einem deutschen
Friedhof,
dessen einziger Lebender ich bin.

Preußen, meine Trauer

In meinen Träumen
bin ich ein blonder Preuße,
meine Einsamkeit reicht
den märkischen Kiefern die Hand,
schöne Aussicht, auch in den Nebeln des
Havellands,
in meinen Träumen herrscht mild
Friedrich Wilhelm I.

Doch im Wachsein
verzehre ich Eisbein mit Erbspüree nur aus der
Ferne,
in der Hand den Brief eines Preußen,
auf der Landkarte unterwegs
ist von Magdeburg nach Berlin
nur eine Fliege,
und mich überkommt Sehnsucht,
über Lautsprecher tönt so eigen,
als schlage mein eigenes Herz,
der Preußenmarsch.

Der mißratene Embryo

Wenn meine alte Mutter
mich anruft aus Deutschland,
bin ich wieder an der Schnur:
ihr einziger Sohn,
der mißratene Embryo.

Und wir sprechen nicht.
Ich liege hier, wartend
im Dunkeln, lautlos,
um nie geboren zu werden.

Nach Deutschland

Wie eine matte Spinne
liege ich da
in meinem verflochtenen Haar,
träumend bayrische Hügel.
Wie religiös, ach,
dunkle ich hinauf
und dir entgegen, Adler.

Und sie richten mich nicht auf,
die Reiter über mir.
Für mich ist's schon zu spät,
und ein Schlaf kam über mich,
pochend an Thüringer Fensterscheiben.

Ich bin ein Fötus zu früher Stunde,
junge Münchnerin,
eingekräuselt
ins blonde Schneckenhaus
deiner Locken.

Wachzerrissen

Wachzerrissen,
der Träumer wirft
ein Dunkel um sich.

Der Tag ist nichts
als ein Ungültigmachen
unseres eigenen Lichts.

Deutschland

Eine Steile,
über die ich wie eine Kreuzspinne kroch
und mein Nichts ins Licht trug
wie ein Kreuz,

eine Steile,
an der ich mich kreuzigte,

geboren zum Untergang,
gesenkten Blickes
zu Rilkes Gott.

Heimkehr

> Ich bin gehirnlich heimgekehrt
> aus Höhlen, Himmeln, Dreck und Vieh.
> *Gottfried Benn*

Meine Zunge
ist eine heiße Schnecke.
Ich habe sie,
um mich abzusondern,
mein Leittier
für die Stille.

Mein Schatten ist oben,
mich umgebend
als Aureole.
Mein Herz, eine Spinne,
durch meinen Geist
kriecht es lärmend.

Ja, ich bin's – keine tastende Geschichte! –
mit Händen
für die Luft.
Wie der Vogel, der sich selbst applaudiert
mit den Flügeln, kam ich
hierher.

Mein Gesicht, das
aus dem Dunkel heraufkam
als Rose,
läßt sich nicht erschatten.
Wie blicke ich
der Sonne in die Augen!

Wie baut der Westwind
das Nest für mich
aus meinen Haaren!
O Gott, ich bin einer,
der sein Haar
nützlich gemacht hat.

Rudolfsgnad

Rudolfsgnad. Ich erinnere mich an diesen Ort,
obwohl ich ihn nie sah.
An seine Menschen, vergebens
geschrumpft zu Kindern,
als überlebten sie das Leben.
Eingezäunt das Ende,
das Banat vor Augen,
durchgestrichen mit Stacheldraht.

Rudolfsgnad. Ich erinnere mich an diesen Ort,
obwohl ich ihn nie sah.
An seine Schattenmenschen
auf der anderen Seite des Tages.
Als hätten sie kein Angesicht,
sie wurden hineingesehen
über Kimme und Korn.

In der Kirche

Die Hände schlafen im Gebet.

Gegrüßet seist du, Maria,
du hilfst mir,
den Himmel zu ackern.

Wie lange noch

Wie lange noch
hab ich in dieser Kirche zu leben
und das Tagwerk zu vollenden
mit gefalteten Händen?

Kühl vergehen die Kerzentage,
und ich flüstere, flüstere vor mich hin.

Max Ernst: Vogeldenkmal

Himmel und Auge
sind eines.

Lebende Gefäße, erhoben
aus eigener Fülle;

dieser Flug, flügellos –
das eine hält das andere.

II

Dunkelheit

Die Sonne verließ den Himmel,
und das Antlitz der Welt verschwand im
gewöhnlichen Dunkel,
das uns getrennt hält.

Gott ist fern, schwierig. Wir Söhne Kains
machen es uns einfach
mit Blei,
und plötzlich, während der Feuerpause, entbehren
wir des Ziels.

Blei

Der bleierne Friede
verplombt
seine Singvögel.

Jedermann
ist ein duldsamer Wetterhahn,
der vom Wind lebt,
vom steinernen Wind,
der allen
den Maimais hinstreut und das Ziel.

In geschlossener Luft.

Ihr Flug

Geflatter
der Fahnenschar.

Ihr Flug
hat Stützen.

Die neue Rose

Hier ging Theophrast.
Hier ging Huchel.

Und nun
inmitten der blühenden Eisblumen
der Staat,
der winterliche Gärtner:
er pflegt die glanzvolle und
duftende Eiszeit
in den Gärten.

Daher wachsen
grün in Spiegeln
die Originale, und
der Samen schreibt aufgehend
seine Memoiren.

Religiös

Ein klarer Himmel,
plötzlich bewölkt mit Hubschraubern;
so etwas wie Regen wird fallen.

Und wir rennen auseinander
in dieser Kirche aus Sonne,
betend im Laufen.

Einer bleibt hängen,
im Rücken das Fadenkreuz:
Christus.

Nocturne

Dem Hahn habe ich den Schnabel
mit einem Regenfaden zugenäht,
damit der Morgen allein erwacht.

Mein Haupthaar ist eine Hängematte,
auf der ich liege. Meine Füße
hinterlassen ihre Spur auf der Luft,

der Pilgerstab aus Wachs wächst nieder.

Was ist das für eine Zeit

Was ist das für eine Nacht,
wo man in den Träumen
bäuchlings über Lichtungen kriecht.
Was ist das für ein Tag,
an dem man wie die Fledermaus
mit dem Kopf nach unten hängt.

Wie ein Engel

Je me mire et me vois ange!
Stéphane Mallarmé

Meine Lungen finde ich
an der Außenseite der Brust:
zwei Schwingen, mit denen ich aufflattere,
selten ins Leere.

Wenn ich mich verfrüht
über die Erde fürs Grab bewege, scheint's,
ein Wind weht mit Flügeln aus Weizen.

Mit diesen Engelsschwingen ins Stroh schlagend,
schlafe ich unruhig nach oben.

Frühling

Nach der Rückkehr
schweigen
in viereckigen Nestern
die Zugvögel.

Steine im Grünen
wie Gallensteine,
Gesang, als stöhne im Anfall
die Mutter.

Die Gärten, Friedhöfe
mit Reihengräbern.

Die Jahreszeit,
als Horst Bienek
abgeführt wurde,
als sie in Grün kamen.

Kosova

Wo der nackte Frühling grünt von Panzern
und die Hummeln Hubschrauber sind,
wo die Straße gewaltsam die Richtung des Blutes
bestimmt
und das Einsatzkommando das Haus umzäunt.

Wo der Gefangene zu finden ist
wie ein Herz hinter braunen Rippen,
wo das kleine Mädchen liegt, verbunden mit seinem
weißen Kleid,
und der kleine Junge einen roten Schal blutet.

Wo Shota getanzt wird im lautlosen Raum
und niedergeschwärzt der Plis,
wo man sich küßt mit den Worten:
Jetën e japim e Kosovën nuk e japim!

Hier

Hier, wo die Finsternis auf dem Vormarsch ist,
gilt eines: sich vereinen, um sich zu verneinen.
Hier bin ich mir ein wenig postum.

Ich versuchte, mein eigenes Leben zu führen,
und sobald ich mich zurückeroberte,
wehrten sie sich mit Hammer und Sichel
gegen meine Einsamkeit.

Diese Tage, die vom Lichte trennen,
sind die Tage des Friedens,
der nicht in Frieden läßt.
Und ich gebe Fülle dem Gefängnis,
wenn man mich zur Freiheit zwingt.

Das nackte Leben rettend

Tauben beklatschen
das Anschleichen der Katze.

Der Birkenspanner verbirgt sich
durch sein Erscheinen.

Der Igel kehrt
den Rücken zu.

Peter Huchel

Weiße Nächte,
Traum vom Einschlafen,
in einem eisigen schrägen Bett.
Bei Frost die Kapuze
über meine Ohren gezogen, ehe sie
das eiszähnige Gespräch frißt.

Tage, anbrechend
wie die Tage der Eulen,
das Licht ging in Kleidern.
Getrieben hatte mich Gott
über seinen Schatten,
meine Sohlen wurden dunkel davon.

Und nicht selten
gab es auf der Erde keine Erde:
meine Nachbarn,
die goldenen Fledermäuse,
blieben dennoch auf den Füßen.
Ich klammerte mich mit meinen Lungen
an die gläserne Luft
zwischen den Krähen.

Himmelan

Der Baum steht aufrecht, die Arme ausgebreitet.
So erreicht er den Himmel.
Den Vögeln gelingt es leicht,
sich ihrer Schatten zu entledigen,
und dann sind sie vielleicht
auf gleicher Höhe mit Gott.
Wir aber haben zu knien,
um dem näher zu sein, was oben ist.

Erwacht

Das Erwachen hat mich geschlossen.

Ich nehme teil an Tod und Vergessen,
da der Morgen wieder Besitz von mir ergriff.
Ich starre der Sonne in den Rücken.

Und ich kann mich nicht länger öffnen,
weil das Herz in weißen Gittern liegt.

So steigt meine Seele

Du Körper, du mein einziger,
ach, flach
in Tau und Morgengrauen,
das Rückgrat ist dir gebrochen.
Wie eine enorme Schnecke
bist du hergekrochen,
um während des Tags
schattig zu liegen.
O du haltloser Kürbis!
Wenn du nun ein Kreuz benötigst
oder einen Strick,
um dich wieder aufzurichten,
so steigt meine Seele,
wird mein Herz hängen
wie eine Fledermaus.

Sich aufhängen

Als habe er
am Senkblei
sich gebettet.

Wie eine
gekleidete Glocke,
wie ein Blatt außerhalb
grünen Schattens.

So richtet an der Schnur sich
der Fisch auf
und jener, der lebend
begraben ist.

III

Draußen ist es schwierig, sich zu unterhalten

Draußen ist es schwierig, sich zu unterhalten,
wenn der Wind bläst und
unzusammenhängende Worte wegweht.
Wenn man stockend spricht und ohne
Zusammenhang,
werden zusammengesetzte Sätze
zu schartigen Reißverschlüssen.
Wenn der Wind bläst,
darf man sich nur in Hauptsätzen unterhalten,
vorsichtig-bündig,
so daß der Wind ein ganz bestimmtes Gespräch
nicht ablenkt in die Unbestimmtheit,
ins Allgemeine der Blätter, des Grases.

Wasser trinken

Über die Kiesel des Mundes
stürzt der Bach,

und jenseits der Sprache
springt
die Zunge.

Sprechen sehen

Ob Tag oder Nacht –
sie sprachen im Dunkeln.
Doch zugegen war die Luft,
und so entstand das Hören.
Die Wörter haben getönt
wie das Gleiten von Skiern,
sogar wie das Herabgleiten des gesamten Schnees
vom Dach.

Auf einmal schaltete die Hand das Licht an,
und so entstand das Sehen.
In der Luft warten Liebesworte wie Ziegenhaar,
andere wie Schweinsborsten, bis jemand kommen
wird,
um sie anzuziehen oder in der Tinte zu
verwahren.
Selbst Sätze, die man zu leise ausspricht,
fallen einfach auf den Boden wie künstliche
Wimpern,
völlig ungehört.

Ein aufrechtes Schweigen

Da er auf der Seite liegt,
stehn seine Lippen senkrecht.
Sein Schweigen ist unwiderlegbar.

Winterlicher Spaziergang mit Kunzes

Wie drei
Gott von den Fingern gefallene Ringe
gingen wir hin,
mit goldenem Geläut
dem Weiß
die Last zu nehmen der Stille.

Landessprache

Lange redete ich mit der Statue.

Meine Zunge ist jetzt
staubig und verwundet.
Wer soll sie mir reinwaschen,
wer ihr Schneider sein?

Meine Zunge ist eine heiße Schnecke,
deren Haus in Trümmern liegt.
Meine Zunge hinterläßt eine Spur.

Dich küssen

Die Stille vertieft sich.
Und ich weiß nicht,
wie ich's dir sagen soll,
daß mein stummer Mund
eine Wunde ist,
die ohne Laut heilt.
Du aber bist
niemals gelangweilt,
wenn ich so mit tastender Stimme
küsse.

Die Stille vertieft sich.
Spräche ich,
spräche ich vergebens,
denn deine Ohren sind
mit anderem Gold geschmückt.

Ich küsse und küsse dich.
Mir ist,
als ob ich definitiv
in jene Lage geriet,
wo das Schweigen verschwand
und das Wort nicht antritt.

Lesen

Kühl lebst du hier und schattig,
dich nicht kümmernd
um die Geschichten der Gegenwart. Trotz des
Herbstes
bleibst du gebeugt von trockenem Blattwerk,

das dich taub macht,
und dein Blick achtet
nur auf das Dunkle,
deinem Körper gelingt nicht mehr als ein
Schatten.

In einem Licht, das dich verbirgt,
bist du einer Zukunft zugewandt,
die längst vergangen ist.

Des Lesenden Stimme

Wie nun sich äußern
mit dem Buch
vor dem Mund?

Dein Schweigen ist dennoch
nicht stumm.
Seine Worte,
eine Hostie,
formt es nach innen.

So sprichst du zumindest
zu dir selbst,
du Jonas,
pochende Leibesfrucht,
Sisyphos du, sprechend
mit dem Gipfel.

Des Lesers Schlaf

Du mein Lichtbett,
laß mich meinen Schlaf
noch eine Weile sehn,
ehe fremde Zeilen wieder
meine Augen durchstreichen.

Satzperson

Die Satzperson
setzt sich aus Sätzen zusammen,
die man untereinanderschreibt.

Sie ist eine Jalousie
in der Hand des Erzählers.
So schützt er sich vor der Sonne.

Briefe schreiben

Jene, deren Hände abgeschnitten sind,
stehen mit ausgebreiteten Armen
als Kreuze auf den Gräbern ihres Briefwechsels.
Sie erfahren eine Sehnsucht,
die vermutlich auch der Gekreuzigte verspürte,
als er seine Hände angenagelt sah.

Schön hilflos sind auch jene,
die Flügel haben anstelle der Hände.
Was bleibt ihnen übrig,
als einen Brief zu singen
zwischen Blatt und Blatt.

Mich aber hindert das gewaltige Lieben.
Unermüdlich ertasten meine Finger
Brailles Schrift
auf dem Körper der Geliebten.

Die Post überlebt auf grausame Weise:
Jene, deren Hände Hufe sind,
tippen ihre Botschaften auf den blättrigen
Waldboden,
und diese Botschaften beantworten dann jene,
deren Hände verlängert sind durch Flinten.

IV

Im Wald an einem frühen Morgen

Schon legt die Sonne Schatten
auf die Henkerstöcke, und der Morgen tastet sich
durch das schwarze Erwachen der Amseln.
Ich aber teile mit dir, meine Seele,
diese Lichtung.

Baum sein

nach John Haines

Bäume sind wahrhaft erhaben.

Wie wäre es,
zwischen ihnen zu stehn,
geerdet wie sie,
daß Vögel sich klammern
an meine Glieder?

Sie stehen so ihr ganzes Leben.
Erleuchtet. Grün.

Unter ihnen zu sein,
heißt zumindest, keine Angst haben zu müssen.

Bei Tag

Die Ringelnatter liegt auf dem Tag,
unauffällig beschienen
von ihren eigenen Halbmonden.

In der Scheune
stehn kopfüber die Fledermäuse
als dunkle Verneiner.

Ich habe die schönen Träume verloren

Ein strenger Sonnenschein,
dem nur die Amsel widerspricht.
Geblendet
richte den Blick ich auf ihr Schwarz,
die Farbe der Blinden.
Dunkle Kleine,
du wurdest nicht
weggehellt aus deinem Gefieder.
Mir aber hat der Morgen das meine gestohlen.
Ich Bedauernswerter, erwacht
wie ein Nubier in traumloser Wüste.

Die lebenden Toten

Den Friedhof besuchend,
gehe ich über einen zweiten Friedhof.

Über jene freiwillig aufgeworfenen Hügel,
die nicht vom Tode zeugen.

Und ich betrauere mit meinem Lächeln
die in der Erde grabenden Maulwürfe.

Sie ruhen nicht in Gott,
sie sind die lebenden Toten.

Die Schlange

Die Schlange gleicht den Wurzeln, auch sie
liegt zu Lebzeiten in ihrem Grab,

und sprießt sie dann plötzlich hervor
aus der Erde, ihre tägliche Auferstehung,

weichen wir zurück,
obwohl sie vor uns kriecht.

Eichen

Ihr Eichen, dargeboten
so hoch,
und die Wurzeln
bei den Toten.

Ihr Eichen, das Laubgesicht
rund ums Haupt,
ihr kehrt keinem
den Rücken zu.

Der grüne Mann

Der grüne Mann ist angekommen,
duftend nach Rosen.
Die Sonne begleitet ihn.

Ihm wächst ein großes Blatt aus dem Mund,
und sein Herz schlägt festlich,
Schwalben kreisen lassend.

Er steht auf einer Wurzel,
seine Bewegungen bestimmt der Wind.
Er schwankt.

Seine Augen füllt der Himmel,
doch zugleich hat er den Mut der Knotenblume,
den Toten in die Augen zu blicken.

Frisur

Die Gewitterluft zog mich
am Haupthaar,
und nun blutet's.

Der Wind ist vorüber,
der meine Gedanken
ausgekämmt hat.

Wie der Apfelbaum
beuge ich mich vornüber
mit schweren Haaren.

Und wo bleibt mein Kamm?
Im Draht der Wiese?
Komm, liebe Magd . . .

Sommerlich

Die Welt ist grün. Bäume stützen sie.
Milder kühler Wind liebkost alles Lebende.
Ein Feld winkt mit langen Maisblättern.
Heimliches Leuchten der Königskerzen
zur Sonne.
Die Zeit duftet nach Walderdbeeren und Heu.
Und der Wegwartenhimmel blaut und blaut.

Im harten Wind

Die jungen Bäume mußten den Rücken
dem Norden zukehren.
Ruhe und Stille sind dahin.
Hoch im Gezweig
rascheln kleine Vögel ihr Lied.
Ihre Flügel können sie nicht öffnen.
Der Wind stemmt sich mit aller Kraft
gegen die Tür meiner Scheune
und sperrt mich aus.
Der Staub empört sich gegen mich,
und ich weiß nicht, wie ihm nachgeben!
Mein Haar ist eine dunkelbraune Fahne,
ich bin der Mast.

Unter Vögeln

Oft habe ich mir gewünscht,
ich könnte mit dem Körper am Himmel sein
wie all diese Vögel.

Sie erheben sich, um waagrecht zu sein,
und ich frage mich, wovon zeugt
mein Aufrechtstehn unter Vögeln.

Sie fliegen auf und nieder,
mir zuwinkend.
Ich bin gelandet auf Lebenszeit.

Stare

Jetzt
der Stare Schritt im Flug,
und kein Grashalm fürchtet mehr
um sein Aufgerichtetsein.

Diese Enkel der Engel
mit ihren kleinen schwarzen Händen,
den schön erhobenen,
den leeren, auch wenn sie tragen.

Es gibt keine Scheu wie die ihre.
Mein Überfall
machte sie
zu Hände-hoch-Siegern.

Bleibe ich still und verborgen,
ist der Kirschbaum auf einmal
der Sänger,
aufrecht trotz seiner Wunden.

Sie bleiben im Geäst

Ein kleiner Friedhof unter dem Aprikosenbaum
mit den Kernen seiner Früchte
als Grabsteine.

Die in Schwarz gekleideten Stare
sind die Hinterbliebenen.

Sie bleiben im Geäst.

Erinnerung an die Feldarbeiterinnen von Novska

Sie bewegten sich sonderbar:
Sie blickten zur Erde,
den Rücken waagrecht wie bei Rehen.
So aber hackten sie den Mais,
und Gott stand ihnen bei.

Der Mittag war die Zeit der einen,
die mit einem Korb gekrönt war,
während die andern
den Rücken den Erlen zukehrten,
der Erde.

Ihre Gestalten waren sonderbar landschaftlich,
waren ins Wetter gekleidet,
als seien sie mitten im Weizen gewachsen.
Übermäßig große Feldblumen,
niedergebogen auch bei Windstille.

Im Sommer barfuß wie von Geburt
und klettengeschmückt,
sie waren keine Spaziergängerinnen.
Ihnen gehörten die Wege, die abkürzten,
und die Wegwarte stand Spalier.

Kordun

meinen Eltern, die von dort kamen

Berge, gesteinigt
und verlassen,
blicken aus dichtem Adlerfarn.

Geblieben ist
ein zerschlissenes Gewölk
von Häusern,
deren Schatten ihre Höfe sind.

Die Menschen sind fort.
Die zugefügten Wunden
heilen allmählich.
Mit der Zeit
werden die Wege abgenommen
wie Verbände.

Nicht einmal die Toten
können liegen,
so bergig ist's,
und jeder Schatten ist ein Gipfel.

Dezember

Ein hungriger Habicht aus Erde.

Mit Baumkrallen
packt er den Himmel
am weißen Pelz.

Landschaft, längst vergangen

für Jan Skácel

Weit die Ebene, wo die Heuschober
die Hügel waren
und in unseren kleinen Händen
der Himmel blaute,
als wir die Schlehe geerntet hatten.

Wie die Eichen überragten!
Wie liefen wir barfuß dort,
wo der Bach die Krümmungen fortsetzte
der Ringelnattern!

Landschaft, längst vergangen,
wo der Weizen die Sonne war.
An den Feldwegen der Kindheit
schwanken noch immer im Wind
unsere Häuser aus Brombeergestrüpp.

V

Leseschlaf

In der Hand der Geliebten
liegt ein Buch.

Schlafend liest sie
mit den Brüsten.

Zwiegespräch

Unter den dichten grünen Wolken der Bäume,
abgeschirmt
gegen den Himmel,

legt sie ihre Lippen an die seinen,
so daß sich ihre Stimmen zueinandertasten.

Eine Brise schlägt ihr die Ohrgehänge gegen den
Hals,
und er atmet den Laut ein.

Ihre Schatten sind zwei dunkle Flöße
auf dem Wasser des Waldbachs;

von ihnen aus wird geangelt,
auf ihnen wird geschlafen.

Längsseits

Der Engel und Engels,
zwei Ziegenböcke auf dem Balken,
der den Fluß überbrückt
längsseits.

Ach,
Liebste,
laß uns zwei Aale sein,
die keine Brücke brauchen.

Liebesgedicht

Eine seiner Sohlen ist ihr Antlitz.
Ihre Brauen wachsen über seinen Augen.
Er ist Vogelzüchter im besten Alter.
Sie ist der grüne singende Baum.
In ihrem Mund nistete sich eine Nachtigall ein.
Zwischen ihren Schenkeln nistete sich eine Drossel ein.
Ihr Lied ist weiß wie des Hammels Milch.
Sie ist der grüne singende Baum.
Er ist Vogelzüchter im besten Alter.

Gegen Morgen

Es ist sehr früh.
Sie setzten die Liebesworte
in Klammern.
Und der Traum ihrer Bewegungen
bricht entzwei.
Warum muß es immer so enden?

Verschluß

Ihr langes lockiges Haar
ist van Goghsche Luft.

Ihr Mund ist ein Riß in ihrer Schönheit,
mein Mund verschließt ihn.

Die Köpfe der Frau

Ihr Montagskopf ist halbverzehrt vom Mond.

Ihr Dienstagskopf ist voll pragmatisch. Er hält es für nützlich, sich samt dem Haar stutzen zu lassen.

Ihr Mittwochskopf ist aus Stein. Redet er, so erstrecken sich aus ihm Sätze, die dreidimensional und lautlos sind.

Ihr Donnerstagskopf ist eine Wolke. Das Problem, sie ins Zimmer hereinzuholen, scheint unlösbar.

Ihr Freitagskopf, den sie nicht hat, trägt einen Hut und erinnert sich an die Zukunft.

Ihr Samstagskopf ist aufblasbar.

Ihr Sonntagskopf denkt in der Sonne Schatten.

Porträt Elisabeth K.

Wenn es regnet,
wird die Luft
zum Antlitz
voller Pupillen.

Gedicht mit einer Zeile von Ernst Jandl

Wiesenblumen schnüffeln an den Nasen zarter
Jungfrauen,
den von der Taille hinab zu weichem Stein
gewordenen.
Sie haben das Herz im Hirn, die Brauen unter den
Augen;
ihre Arme sind entkleidete Äste, schwer von
Äpfeln, die ich für sie pflückte.
Wenn sie die Sonnenluft tragen als blondes Haar,
steigen ihre Gedanken auf wie die Lerchen.

Wiesenblumen pflücken jetzt von ihrer Nacktheit,
von ihrer Taille abwärts spalte ich den Stein.
Zart sind sie, Jungfrauen noch eine Weile,
bis ich mit meinem Horn
eine Statuette in sie meißle.

Unterm grünen Dach

nach Hans Carl Artmann

Unterm grünen Dach des Waldes
weile ich gern,
frank und frei von der Sonne.

Ich nehme die Morgenluft
aus den schwarzen Händen einer Amsel,
küsse die roten Beeren . . .

An der dunklen Nacht bin ich nicht verendet.
Ich habe einem Mädchen mich zugewandt
mit meiner Fröhlichkeit.

Meine Zeit grünt,
und ich will nirgendwohin,
solange mich der Wald aufrecht hält.

So eine helle Blindheit

Die Sonne tastet mit ihrem Licht,
als taste sie nach einer anderen Sonne.

Selbst die Liebenden
können die Liebe nicht sehen,
weshalb sie einander berühren.

Erste Liebe

Du bist schön
im Vollmondkleid.
Wenn ich dich ausziehe,
wie soll ich sehen?

Anmerkungen

Novska im Sommer: Novska – Kleinstadt in Westslawonien.

Rudolfsgnad: Von Oktober 1944 bis März 1948 kommunistisches Vernichtungslager im Banat für die deutsche Bevölkerung.

Kosova: Plis – Volkstümliche albanische Kopfbedeckung in Käppchenform aus weißem gerollten Ziegenhaar; Jetën e japim e Kosovën nuk e japim – Albanisch: Wir geben das Leben hin, Kosova nicht.

Briefe schreiben: Brailles Schrift – Blindenschrift.

Kordun: Region in Kroatien, südlich von Karlstadt.

Marian Nakitsch. Ein Paß-Bild

Von Reiner Kunze

1

Die Mutter ist Kroatin, der Vater Kroate – im Arbeitsbuch des Sohnes aus dem Jahr 1983 aber heißt es unter Nationalität »Nijemac«, Deutscher. Man habe im Vielvölkerstaat angeben können, als was man sich fühlt, sagt Marian Nakitsch. Die Serben hätten gehofft, so ihre eigene Zahl vergrößern zu können.
Und warum hat er »Deutscher« angegeben?
1969 sei seine Mutter nach Deutschland gegangen, der Vater ein Jahr später, sagt er. Seither sei er viele Male in Deutschland gewesen und fühle sich dort zu Hause. Er habe Deutsch zu lernen begonnen, und zwar vor allem durch Lesen, visuell – Rilke mit Wörterbuch, Arp, Benn, Huchel, Artmann, Handke . . .
Marian Nakitschs Eltern sind inzwischen deutsche Staatsangehörige. Auch seine beiden Schwestern, die als Minderjährige den Eltern hatten folgen dürfen. Er, geboren 1952, war volljährig, als die Eltern Jugoslawien verließen, und selbst als Gastarbeiter nach Deutschland zu gehen, war ihm verwehrt gewesen: Wegen seines bei der Geburt verletzten linken Auges (die Hebamme war betrunken) hatte er das erforderliche Gesundheitszeugnis nicht beibringen können.
So lebt er als einziger der Familie in Agram, denkt deutsch, dichtet deutsch und schreibt Gedichte über Deutschland.

2

Er habe schon als Junge nach Deutschland geblickt, sagen seine Schwestern Jelena und Nana. Novska, wo Marian Nakitsch zur Welt kam, liegt auf der einen Seite der Transitautobahn nach Deutschland, Bročice, wo er aufwuchs, auf der anderen. Sein Geburtshaus steht keine hundert Meter von ihr entfernt.

Die Armut habe sie nach draußen blicken lassen, sagt Ana Nakitsch, die Mutter. Seit ihrem zwölften Jahr sei sie Tagelöhnerin gewesen. Ivan, ihr Mann, sei bereits mit sieben Jahren zu einem Bauern in Brot und Lohn gegeben worden (Jahresverdienst ein Paar ungefütterte Gummischuhe und ein Schaf) und habe bis zu seinem siebzehnten Lebensjahr ununterbrochen als Knecht gearbeitet (Schlafstelle auf dem Heuboden). Zur Schule sei er nie gegangen. Erst nach der Armeezeit, als er als Handlanger in einem Sägewerk arbeitete, habe ihm jemand gezeigt, wie man die Uhrzeit abliest. Auch sie selbst sei nie zur Schule gegangen (der Lehrer sei mit einer Gans bestochen worden). Das, was sie in die Ehe mitbrachte, habe in einem Karton Platz gefunden.

Die Armut sei das eine gewesen, sagen die Schwestern, das andere das politische Regime, die geistige Unterdrückung. Unter ihr habe der Bruder mehr als sie alle gelitten. Auch unter den Drangsalierungen im Alltag.

Mit vier Jahren habe er bereits lesen können, sagt die Mutter. Die Nachbarinnen hätten ihr geraten, ihm das Buch wegzunehmen – wer so früh zu lesen beginnt, lerne später schlecht. Doch er habe immer gut gelernt, nur Fünfen und Vieren nach Hause gebracht (Sehr gut und Gut). Sie aber hätten ihn

Maurer lernen lassen. Später, auf einem Sonderweg, habe er Ökonomie studiert. Doch daß er kein Abitur habe, sei ihre Schuld. Sie und ihr Mann seien zu unwissend gewesen.
Er, Marian, sei es vor allem gewesen, der seine Hoffnung auf Deutschland gesetzt hatte, sagt die Familie in Werl.

3
Wie der tschechische Dichter Jan Skácel kam Marian Nakitsch an einem 7. Februar zur Welt, und wie jenem fallen ihm unvergeßliche Bilder ein. Als Kind, heißt es in einem seiner Gedichte, habe er sich sein Begräbnis so vorgestellt:

> Wie die Mehlschwalbe
> verschwinde ich oben im Lehm,
> nicht unten.

Über einen, der sich erhängte, schreibt er:

> Als habe er
> am Senkblei
> sich gebettet.

Selbst in seinen frühen deutschen Gedichten, die in einer Phase entstanden, in der er »nichts als provozieren« wollte, finden sich Bildeinfälle, die den Anlaß ihres Entstehens überdauern werden:

> Die Satzperson
> setzt sich aus Sätzen zusammen,
> die man untereinanderschreibt.

Sie ist eine Jalousie
in der Hand des Erzählers.
So schützt er sich vor der Sonne.

So sehr Nakitschs Bilder von allen Sinnen geschaffen sind, so philosophisch sind sie. Er stellt vertrackte Fragen.

Unter Vögeln
. . .
Sie erheben sich, um waagrecht zu sein,
und ich frage mich, wovon zeugt
mein Aufrechtstehn unter Vögeln.

Über den serbisch-kroatisch-moslemischen Krieg, der auch in Novska zerschossene Häuser hinterließ, schreibt er:

Die Sonne verließ den Himmel,
und das Antlitz der Welt verschwand im
gewöhnlichen Dunkel,
das uns getrennt hält.

Gott ist fern, schwierig. Wir Söhne Kains
machen es uns einfach
mit Blei,
und plötzlich, während der Feuerpause,
entbehren wir des Ziels.

Keines seiner Gedichte entbehrt der existentiellen Dimension.

4

In seinem Brief vom 3. 10. 1990 schreibt Marian Nakitsch: »Verständlicherweise bin ich über Ihre Feststellung, mein Deutsch lasse sehr nach, nicht erfreut, aber es stimmt. Da geht es nicht nur um mein Unwissen, sondern um die Beharrlichkeit, meinen Bildern bewußt über die Grenzen meiner Deutschkenntnis zu folgen. Denn ich weiß, daß wir das durch Rede und Gegenrede leicht ausgleichen... Manchmal bin ich konzentriert wie der Kernbeißer, manchmal unkonzentriert wie die Sonne.«

Nakitsch lebt, was das Deutsche betrifft, in absoluter Sprachisolation. Er habe, sagt er, keinen Menschen, mit dem er in Agram Deutsch sprechen kann.

Könnte er in Deutschland leben, hätte er es nicht nötig, durch Rede und Gegenrede auszugleichen, was ihn hindert, seinen Bildern über die Grenzen seiner Deutschkenntnis hinaus zu folgen.

Das Dokument, das man ihm in seinen Paß klebt, wenn er die Familie in Werl besucht, lautet jedoch:

> Aussetzung der Abschiebung
> (Duldung)
> für...
> gültig bis...
> Aufenthalt ist beschränkt auf
> Land Nordrhein-Westfalen.

5

Die Notwendigkeit für einen Schriftsteller, in der Sprache zu leben, in der er schreibt, ist als Einbürgerungsgrund nicht vorgesehen. Im Interesse seines Talents und der deutschen Literatur sollten wir Marian Nakitsch mit Brot und Salz empfangen oder, anders gesagt, mit einem deutschen Paß ehrenhalber. Gedichte wie »Meine Mutter« oder »Erinnerung an die Feldarbeiterinnen von Novska« gehören zum Poetischsten, was heute in deutscher Sprache geschrieben wird. Sie erhöhen die Stabilität unserer geistigen Währung.

6

Inwieweit Marian Nakitschs Deutschland-Bild der Wirklichkeit entspricht, sei dahingestellt. Gegebenenfalls werde er mit der Diskrepanz leben, sagt er.
Hans Bender und Walter Hinck erkannten seinen Gedichten den Literatur-Förderpreis der Jürgen Ponto-Stiftung zu, und eine Veröffentlichung in der »Neuen Rundschau« öffnete ihnen die Tür zur Welt – sie wurden ins Polnische übersetzt, und eine portugiesische Professorin empfahl sie ihren Studenten. Der Autor wurde nach Österreich eingeladen. In Deutschland meldeten sich potentielle Leser (»Der beim Buchhändler befragte Computer blieb aber gnadenlos dunkel.«) Doch auch eine deutsche *Volksschullehrerin* meldete sich zu Wort (Hervorhebung von ihr!), die Nakitsch in einer alternativen Tageszeitung mit Hohn übergoß, da seine Gedichte sie überforderten. Er wird also davon ausgehen müssen, daß es in Deutschland zugeht wie überall auf der Welt, wo Menschen leben.

Und daß es in Deutschland manchmal auch anders zugeht als anderswo – deutscher. Er selbst hat erlebt, daß junge deutsche Intellektuelle über Deutschland nur abschätzig sprachen, und der furchtbare Brandschein, den Jugendliche unlängst zum Himmel schickten, war auch in Agram zu sehen. Den einen wird Marian Nakitsch zu deutsch sein, den anderen zu ausländisch.
Er weiß es.

7

Im Auto nimmt er Platz, daß man ihn, will man losfahren, von der Handbremse heben muß, und während der Fahrt bedarf es des Geschicks, den Kupplungshebel aus seiner Kniekehle auszurasten. Er bemerkt weder das eine, noch das andere, sondern ist ganz seiner Rede hingegeben.
Eines Tages, sagt er, werde er Gedichte über die deutschen Landschaften schreiben.

Inhalt

I

II

III

IV

Collection S. Fischer

Ulrike Längle
Am Marterpfahl der Irokesen
Liebesgeschichten
Band 2374

Dagmar Leupold
Edmond oder Geschichte einer Sehnsucht
Roman
Band 2373
Die Lust der Frauen auf Seite 13
Gedichte
Band 2376

Peter Maiwald
Wortkino
Notizen zur Poesie
Band 2375

Marian Nakitsch
Flügelapplaus
Gedichte
Band 2378

Dirk von Petersdorff
Wie es weitergeht
Gedichte
Band 2371

Gerhard Roth
Circus Saluti
Band 2321
Dorfchronik zum ›Landläufigen Tod‹
Band 2340

Evelyn Schlag
Beim Hüter des Schattens
Erzählungen
Band 2335
Brandstetters Reise
Erzählungen
Band 2345
Die Kränkung
Erzählung
Band 2352

Klaus Schlesinger
Matulla und Busch
Band 2337

Johanna Walser
Die Unterwerfung
Erzählung
Band 2349
Vor dem Leben stehend
Band 2326
Wetterleuchten
Erzählungen
Band 2370

Michael Wildenhain
Heimlich, still und leise
Erzählungen
Band 2377

Ulrich Woelk
Freigang
Roman. Band 2366
Tod Liebe Verklärung
Stück. Band 2372

Fischer Taschenbuch Verlag

fi 176 / 21 b

Lyrik

Erich Fried
100 Gedichte ohne Vaterland
Band 10988
Frühe Gedichte
Band 9511
Reich der Steine
Zyklische Gedichte
Band 5959
Von Bis nach Seit
Gedichte aus den Jahren 1945-1958
Band 11783
Warngedichte
Band 2225

Walter Helmut Fritz
Mit einer Feder aus den Flügeln des Ikarus
Ausgewählte Gedichte. Band 9266

Yvan u. Claire Goll
Traumkraut/ Die Antirose
Band 9590

Ludwig Greve
Sie lacht und andere Gedichte
Band 11524

Klaus Hensel
Stradivaris Geigenstein
Band 11286

Bruno Hillebrand
Und sage ja zu diesem Augenblick
Gedichte aus den Jahren 1960-1985
Band 10842

Peter Huchel
Chausseen, Chausseen
Band 5120

Marie L. Kaschnitz
Überallnie
Ausgewählte Gedichte 1928-1965
Band 5820

Matthias Koeppel
Starckdeutsch
Oine Orrswuuhl dörr schtahurcköstn Gedeuchten
Band 11011

Jan Koneffke
Gelbes Dienstrad wie es hoch durch die Luft schoß
Band 10786

Michael Krüger
Aus der Ebene
Band 5865
Diderots Katze
Band 2256
Die Dronte
Band 9222

Günter Kunert
Berlin beizeiten
Band 9567

Fischer Taschenbuch Verlag

fi 145 / 17 b